Construyendo el carácter

Mostrar respeto

por Penelope S. Nelson

Bullfrog en español

Ideas para padres y maestros

Bullfrog Books permite a los niños practicar la lectura de texto informativos desde el nivel principiante. Las repeticiones, palabras conocidas y descripciones en las imágenes ayudan a los lectores principiantes.

Antes de leer

- Hablen acerca de las fotografías. ¿Qué representan para ellos?
- Consulten juntos el glosario de fotografías. Lean las palabras y hablen de ellas.

Durante la lectura

- Hojeen el libro y observen las fotografías. Deje que el niño haga preguntas. Muestre las descripciones en las imágenes.
- Léale el libro al niño o deje que él o ella lo lea independientemente.

Después de leer

- Anime al niño para que piense más. Pregúntele: Mostrar respeto a los demás los hace sentirse bien. ¿Puedes recordar alguna vez en que alguien te mostró respeto?

Bullfrog Books are published by Jump!
5357 Penn Avenue South
Minneapolis, MN 55419
www.jumplibrary.com

Copyright © 2020 Jump! International copyright reserved in all countries. No part of this book may be reproduced in any form without written permission from the publisher.

Library of Congress Cataloging-in-Publication Data is available at www.loc.gov or upon request from the publisher.

ISBN: 978-1-64527-021-8 (hardcover)
ISBN: 978-1-64527-022-5 (paperback)
ISBN: 978-1-64527-023-2 (ebook)

Editor: Jenna Trnka
Designer: Michelle Sonnek
Translator: Annette Granat

Photo Credits: Bo Valentino/Shutterstock, cover; New Africa/Shutterstock, 1; naluwan/Shutterstock, 3; wavebreakmedia/Shutterstock, 4, 5, 6–7, 12–13, 23tm, 23tr, 23bl; Africa Studio/Shutterstock, 8–9, 19, 23bm; Darrin Henry/Shutterstock, 10–11; Es sarawuth/Shutterstock, 14; JGI/Jamie Grill/Blend Images/SuperStock, 15; TinnaPong/Shutterstock, 16–17; michaeljung/Shutterstock, 18, 23tl; Tono Balaguer/Shutterstock, 20–21; HelenField/Shutterstock, 22 (drawing); Brooke Becker/Shutterstock, 22 (crayons); ratmaner/Shutterstock, 23br; Chris Bourloton/Shutterstock, 24.

Printed in the United States of America at Corporate Graphics in North Mankato, Minnesota.

Tabla de contenido

Muestra que te importan los demás

Leah alza la mano.

Ella no grita.

¿Por qué?

Respeta a su maestra.

Y a sus compañeros.

Mostramos respeto.

¿Por qué?

Para mostrar
que nos importan
los demás.

Nos importan
los sentimientos
de los demás.

A Lou le importa su familia.

Hace sus tareas del hogar.

Ayuda.

A Min le importan.

¿Quiénes?

Sus amistades.

Ella comparte.

¡Qué bien!

A Max le importan sus pertenencias.

Las cuida.

Respetamos la bandera.
¿Cómo?

Nos ponemos la mano en el corazón.

¡Genial!

A Leo le importa la Tierra.

¿Cómo?

La mantiene limpia.

No tira desperdicios.

A Mick le importa él mismo.

Tiene una buena autoestima.

¿Qué más?

Se limpia el cuerpo.

¡Qué bien!

A nosotros nos importan los demás.

¿Cómo lo muestras tú?

Lugares donde mostramos respeto

Podemos mostrar respeto en muchos lugares. Lo podemos mostrar en casa. En la escuela. En el parque de recreación. ¿Dónde muestras respeto?

Vas a necesitar:

- **pedazos de papel**
- **marcadores o crayones**

Instrucciones:

1. **Dobla cada pedazo de papel en dos. Desdóblalos.**
2. **En un lado del doblez, dibuja la imagen de un lugar donde tú muestras respeto.**
3. **En el otro lado del papel, escribe ideas acerca de cómo puedes respetar cada lugar.**
4. **¡Cuelga tus cuadros en un lugar donde puedas verlos y recordar mostrar respeto!**

Glosario de las fotografías

autoestima
Un sentimiento de amor y respeto propios por ti mismo.

pertenencias
Posesiones o cosas que son nuestras.

respeta
Considera a los demás y los trata con amabilidad.

sentimientos
Pensamientos o emociones.

tareas del hogar
Trabajos, como tareas de limpieza, que deben hacerse de forma regular.

tirar desperdicios
No colocar dentro de un basurero la basura que se deja afuera.

Índice

Para aprender más

Aprender más es tan fácil como 1, 2, 3.

1. Visite www.factsurfer.com
2. Escriba "mostrarrespeto" en la caja de búsqueda.
3. Haga clic en el botón "Surf" para obtener una lista de sitios web.